edition suhrkamp

Redaktion: Günther Busch

Wisława Szymborska, in Kórnik bei Posen geboren, lebt heute in Krakau, wo sie an der Jagellonen-Universität polnische Philologie und Soziologie studiert hat. Sie debütierte 1945 mit dem Gedicht *Ich suche das Wort*, ihr erster Gedichtband *Deshalb leben wir* erschien 1952. Seit 1953 arbeitet sie mit der Krakauer Zeitschrift *Literarisches Leben* zusammen. Neben Tadeusz Różewicz und Zbigniew Herbert gehört sie zu den bedeutendsten Vertretern der polnischen Gegenwartsdichtung. Ihr letzter Gedichtband, 1970 erschienen, wurde in Polen zum »Buch des Jahres« gewählt. Als Begründung stand in der Warschauer *Kultura* (Nr. 51-52 vom 20.– 27.12.1970) zu lesen: »Die Poesie der Wisława Szymborska ... verwundert stets aufs neue. Sie ist [...] die einzige, die keine Krisen kennt, deren Phantasie keine toten Punkte kennt ... Was ihre Tragkraft ausmacht, ist die unaufhörliche Attraktivität für alle Leser von Lyrik, ohne Unterschied des Empfindsamkeitstypus. Szymborska besitzt eine seltene Gabe, und diese Gabe besitzt sie maximal: die Weisheit der Poesie.«

Wisława Szymborska
Salz. Gedichte

Übertragen und herausgegeben von Karl Dedecius

Suhrkamp Verlag

edition suhrkamp 600
Zweite Auflage 1996

Einleitung

Karl Dedecius
Salz weiblicher Weisheit

Einführung nebst Zusammensetzung und Gebrauchsanweisung

»O heilige Einfalt der Beschreibung,
stehe mir bei!«

Wisława Szymborska

Ich hatte gerade einen Anlauf genommen, mit der Beschreibung des Lebens der Wisława Szymborska die Einleitung zu ihren Gedichten zu beginnen, als ich in *Życie Literackie*[1] auf eine ihrer Rezensionen stieß. Ihr darin bekundeter Unwille gegen das Biographische machte mich unsicher. Das Biographische, schrieb sie, »beleuchtet nur die äußeren Umstände des Entstehens von Poesie. Beim Lesen kam mir der quälende Gedanke, daß jede Poesie, auch die schlechte, reich an Begleitumständen sei; daß auch ein Graphomane ein ziemlich komplizierter Mensch sei, und daß es auch bei ihm vieles zu biographieren gäbe. Ob sich einem Dichter die Worte zu lebendigen, dauerhaften Bindungen fügen oder nicht, darüber wird ohnehin in einem niemandem zugänglichen Bereich entschieden. Und ich vermute, daß es ein Bereich ist, auf den die

1 *Życie Literackie* Nr. 1054/72, Spotkanie z Czechowiczem, Wspomnienia i szkice, Wybór i opracowanie Seweryn Pollak, Wydawnictwo Lubelskie.

Peripetien des Lebens und die Intensität der Erlebnisse keinerlei Einfluß haben.«

Ich stimme der Autorin zu – was den Graphomanen betrifft, aber ich kann ihr nicht ganz zustimmen: für mich ist das Verhältnis von Leben und Werk keine Frage der Begleitumstände, vielmehr eine von vielen und faszinierenden Kausalitäten. Aber ich respektiere die Vorbehalte der Autorin und werde ihren Lebenslauf verschweigen. Es sei genug zu verraten, daß sie in der Kultur-Beilage *Der Kampf (Walka)* des *Polnischen Tageblatts (Dziennik Polski)* 1945 debütiert hat, daß sie in Krakau lebt und dort 1953 ständige Mitarbeiterin des *Literarischen Lebens (Życie Literackie)* wurde, daß sie der Generation von Zbigniew Herbert und Tadeusz Różewicz angehört und daß sie Bücher rezensiert und Gedichte schreibt; und daß ihre Gedichte seit zwei Jahrzehnten zu dem Besten gezählt werden, was die polnische Nachkriegslyrik hervorgebracht hat.

»Die Erste unter den Lyrikerinnen. Dieses Zepter des Primats erkennen ihr alle zu, Poeten wie Kritiker« (Julian Przyboś in *Poezja*). »Es scheint, als habe diese Poesie zwischen den beiden Flügeln unserer Literatur das rechte Maß gefunden. Sie ist weder traditionell-moralistisch noch avantgardistisch-artistisch: sie ist einfach – vollendet« (Artur Sandauer in *Miesięcznik Literacki*). »Als würde bei Szymborska mit jedem Gedicht alles von neuem beginnen. Die Welt, das Sein und das Nichtsein, das Wissen und die Intuition, das blinde Unwissen vom Schicksal und das strahlende Bewußtsein des Glücks. Wir alle, Freunde wie Nichtfreunde der Lyrik, wissen es, daß Szymborskas Gedichte faszinieren. Womit? ... Sie hat der banalen Wahrheit die Kraft des Paradoxon gegeben« (Zbigniew Bieńkowski in *Kultura*). »Eine der allerwichtigsten Erscheinungen in der gegenwärtigen polnischen Poesie. Ungewöhnliche Einfachheit und Kommunität ... Vollkommen unprätentiös. Und zugleich eine intellektuell in höchstem Maße anspruchsvolle Lyrik, eine poetische Welt von höchst interessantem Eigenleben ... Hinter der Einfachheit verbirgt sich Kunst, hinter dem Humor Tragik, hinter der Wirklichkeit das Irreale« (Jerzy Kwiatkowski in *Życie Literackie*). »Wisława Szymborska gehört zu den wenigen Dichterinnen, die es verstanden haben, dem Etikett ›Frauenlyrik‹ zu entkommen« (Marta Wyka in *Życie Literackie*).

Von Anbeginn – ihr erstes Gedicht hieß *Ich suche das Wort* und erschien 1945 – waren Szymborskas Publikationen ein Ereignis. Wenn ihre Gedichtbände zum besten Buch des Jahres gewählt werden, stehen in der Presse folgende Begründungen zu lesen[2]: »Die Poesie der Wisława Szymborska wächst, nimmt an Weisheit zu und verwundert uns, die Leser, ständig, mit jedem Gedicht, stets aufs neue. Es ist zeitgenössische Lyrik, die einzige, die keine Krisen kennt ... Was ihre Tragkraft ausmacht, ist die unaufhörliche Attraktivität für alle Leser von Lyrik, ohne Unterschied des Empfindsamkeitstypus. Szymborska besitzt eine seltene Gabe, und diese Gabe besitzt sie maximal: die Weisheit der Poesie.«

2 *Kultura* Nr. 51-52 vom 20/27. 12. 1970.

Die Auswahl aus dem bis jetzt sieben schmale Bändchen und drei Auswahlbücher umfassenden Gedichtwerk der Wisława Szymborska möchte ich mit einer ihrer letzten Veröffentlichungen beginnen, sie als Prolog vor die Klammer stellen. Das Gedicht heißt *Entdeckung* und ist ein Credo des Unglaubens an den Menschen, die Entdeckung der Nichtigkeit und Eitelkeit dessen, womit dieser Mensch trotz seiner Talente sich abplagt und weswegen er Kriege führt und Kerker erfindet.

Ich glaube an die Angst des Menschen ...
Ich glaube an die Blässe seines Gesichts ...
... den kalten Schweiß auf der Lippe.
... an das Verbrennen der Niederschriften,
... an das Verschütten der Zahlen,
... an das Zerschlagen der Tafeln,
an das Vergießen der Flüssigkeiten,
an das Erlöschen der Flamme.

Mir kreisen diese Worte über den Regeln.
Sie suchen keine Stütze bei den Exempeln.
Mein Glaube ist fest, blind und ohne Begründung.

Zu diesem Unglauben an den Menschen gesellt sich der Glaube an die Kreatur, den Käfer, den Vogel, den Fisch, die Lemuren, die sie »von oben betrachtet«, gegen die ungerechtfertigte Vorrangstellung des Menschen in Schutz nimmt. Die Evolution der Natur, und was daraus wird, beschäftigt sie unentwegt. Ihre

Reflexion sucht die urgeschichtliche und die kosmische Perspektive, wenn sie ausruft:

Seht von den Sternen auf euch.

Die Gedichte sind so geordnet, daß die jüngsten vorne stehen und die ältesten am Schluß. Die römischen Zahlen bezeichnen die Publikationen der Autorin, deren Erscheinungsjahr und chronologische Reihenfolge im Anhang stehen. Prolog und Epilog sind außer der Reihe placiert.
Als erstes entnehme man den *Stimmen* der Geschichte, daß sie ein falsches Echo überliefern, daß sie eine falsche Herkunft und ein falsches Ziel vortäuschen, ein falsches Zeugnis sprechen. Man durchschaue die Habgier der Roma aeterna, der Großen, die sich als Kulturträger, als Schutzmächte, als Protektoren bieder verstanden sehen möchten:

Die kleinen Völker haben kleinen Verstand.
Immer weitere Kreise zieht der Stumpfsinn um uns.
Tadelnswerte Sitten. Rückständige Gesetze.
Unwirksame Götter ...
Bedauernswert sind die kleinen Völker.
Ihr Leichtsinn verlangt hinter jedem neuen Fluß
nach Aufsicht ...
Ich fühle mich bedroht von jeglichem Horizont.
So sehe ich das Problem ...

So sieht das Problem der Sieger und die Geschichte. Szymborska sieht es anders. Ihr Testament ist ein al-

tes. Wenn sie von Hiob erzählt, tut sie es, wie Leszek Kołakowski es getan hätte: das Einzelschicksal bekommt philosophisches Gewicht und politische Aktualität, das heißt, neue Gültigkeit. Hiob, der Aufbegehrende, kapituliert. Hiob demütigt sich vor dem Herrn, der nicht zum Thema zu sprechen wünscht. Hiob übt Selbstkritik, Hiob ist bereit, Hiob will nicht mehr dem Meisterwerk im Wege stehen. – Hiob bekommt seine Maultiere, Ochsen und Schafe wieder zurück. Auf seinem zur Strafe kahlgewordenem Schädel wachsen wieder Haare.
Ihr Reifezeugnis trägt anstelle der schmückenden Kordel klirrende Ketten *(Die zwei Affen von Breughel).*

Szymborskas *Eindrücke aus dem Theater* haben den Höhepunkt nach dem fünften Aufzug, wenn der Vorhang fällt, wenn das Opfer neben dem Henker, Rebell und Tyrann sehr friedlich und Hand in Hand ihre Kunst der Verbeugungen, Kniefälle darbieten, auch die zum Beifall wiederauferstandenen Toten und Verschollenen –

Zu denken, daß sie geduldig hinter Kulissen
warteten,
immer noch kostümiert,
ohne sich abzuschminken,
rührt mich stärker als alle Tiraden des Dramas.

Die Figuren dieses »Theatrum mundi« muten wie Marionetten an, vielleicht kommen sie deshalb dem Leben so erschreckend nahe.

Manchmal sieht die Dichterin die Welt wie eine Schaubude, manchmal wie ein Museum:

Teller, aber kein Appetit.
Ringe, doch ohne Gegenliebe ...
Aus Mangel an Ewigkeit wurden
zehntausend alte Gegenstände versammelt.

Was sie am meisten befremdet, ist die Kluft zwischen der toten und der lebendigen Natur.

Die Krone überdauerte den Kopf.

Das Fehlen jeglicher Naivität, sogar in den Träumen, schafft eine neue Gattung des Traums, den Traum von der gewesenen Zukunft und von der werdenden Vergangenheit. In den Fragen, die sich die Dichterin stellt, stellt sie sich selber in Frage:

Ist alles im Verhältnis
von Mensch zu Mensch so einfach?

Die tapfere Zurückweisung der im *Prospekt* gepriesenen Schmerztablette, des »chemischen Mitleids«, verbirgt einen ängstlichen Hintergrund, die Befürchtung, daß wir den Augenblick, den tödlichen, bedenkenlos überleben könnten.
Das Massenfoto zeigt ihre »statistische Person«, ohne den narzißtischen Effekt und ohne Heroisierung, auch ohne jede Spur von Selbstmitleid: nüchtern, gewappnet, stoisch – vielleicht mit einer winzigen Prise iro-

nischer Koketterie. So ist es bei Szymborska immer: ihre Gegenwartsbezogenheit bezieht prähistorische Erfahrungen mit der Natur und futurologische Schlußfolgerungen der Psychologie und der Soziologie ein, um die Welt und sich selbst in der Evolution und skeptisch zu sehen, als etwas Unstetes, vom Ichthyosaurus bis zum Wassertropfen, alles als eine »in Fluß« befindliche Einheit zu erleben.

Im Fluß des Heraklit
fischen Fische nach Fischen,
zerlegen Fische Fische mit einem scharfen Fisch,
bauen Fische Fische, wohnen Fische in Fischen,
fliehen Fische aus belagerten Fischen . . .
Im Fluß des Heraklit
bin ich Einzelfisch, Sonderfisch
(zumindest nicht so wie der Baumfisch oder der Steinfisch)

Das »carpe diem«, das Verweilen bei dem Augenblick, der schön wäre, ist ihr versagt. Sie sieht die Dinge mehrdimensional, im Zusammenhang, mit Hintergrund und Vorgeschichte, zugleich sehr differenziert im Detail, was ihre minuziösen Beobachtungen der Natur beweisen. Der Wassertropfen, der auf ihre Hand fällt, macht ihr seine Herkunft bewußt. Er stammt aus dem Ganges und aus dem Nil, und die Kunde *Von einem Wassertropfen* ist für sie eine Kunde von der Gleichzeitigkeit alles Lebenden. Der Weg des Wassertropfens ist ihr eine erkenntnistheoretische Wanderschaft vom Mikrokosmos zum Makrokosmos. Die Philosophien, die sie zitierend, paraphrasierend oder parodierend einbezieht, stammen von Heraklit, Kant und Bergson, Heidegger und Sartre.

Den Freunden schrieb sie einmal ins Stammbuch:

Der Weg vom Leid zur Träne
ist interplanetarisch.

Deshalb sucht sie, mit Hilfe *Kleiner Anzeigen*, nach der verschollenen Phantasie des Herzens – dem Mitleid. Sie bietet Nachhilfestunden an, nicht in Latein und Geographie, sondern –
Ich lehre das Schweigen
in allen Sprachen
nach der Methode der Betrachtung
des Sternenhimmels,
des Sinanthropus,
der Heupferdchensprünge,
der Säuglingsnägel,
des Planktons,
der Schneeflocke.

Es ist alles einfach, und doch ist es nützlich, bei der Lektüre der Gedichte ab und zu im Gedächtnis oder sogar im Lexikon nachzuschlagen, zum Beispiel *Tarsius* lesend. In Meyers Lexikon wird man erfahren, daß es winzige Halbaffen sind, eine neben den Lemuriden angezeigte, bekannte Unterordnung »langsam kletternder früchte- oder allesfressender nächtlicher Säugetiere«, »14 cm lang mit 24 cm langem Schwanz, braungrau«. Und Meyer zählt zu den Tarsidae vor allem den Gespenstermaki und den Koboldmaki.

Auch zur Beschreibung der poetologischen Absichten der Szymborska finden wir keine Anhaltspunkte bei ihr selbst. Nur einer ihrer Sammelbände enthält ein kurzes Vorwort von 34 Zeilen, in dem sie ihre Scheu, ein poetisches Manifest zu formulieren, begründet. »Ich würde mir vorkommen wie ein Insekt, das aus unbegreiflichen Gründen sich selbst in eine Gablotte treibt und auf eine Nadel aufspießt.« Wer lebt, meint sie, sei entwicklungsfähig. Die Tatsache, daß sie noch lebt, erlaube ihr nicht, sich selbst endgültig zu bestimmen. Sie wisse nicht einmal, was »Poesie sei«, was diese von der Kunstprosa unterscheide. »Die kleinere Zahl der gebrauchten Wörter? Nun ja. Aber weder ist der Reim ihre Voraussetzung, noch der Rhythmus ihr unabdingbarer Besitz, noch die offene Subjektivität ihr unteilbares Privileg. Eine lustige Verwirrung, eine besorgniserregende Komplikation, die den Anhängern traditioneller Zuordnungen den Schlaf von den Lidern treiben mag.«
Szymborskas Lyrik kennt in der Tat keine Formeln, keine Schablone und keine Raster. Sie ist von Gedicht zu Gedicht auf neue Weise erfinderisch in der Sprache und im Thema. Sie verrichtet ihre Arbeit wie einen Befreiungsakt, in der Schule des Bewußtseins, das Werkzeug ist ihr nebensächlich, der Einfall alles. Sie empfindet »Freude am Schreiben«:

Hier herrschen andre Gesetze, schwarz auf weiß.

Hier dauert jeder Moment so lange, wie ich es will ...
... eine Welt,
deren unabhängiges Schicksal ich bestimme ...

Freude am Schreiben.
Möglichkeit des Erhaltens.
Rache der sterblichen Hand.

Das ist wenig, und das ist sehr viel. In der Inschrift auf ihrem »Grabstein« *(Epilog)* bezeichnet sie sich als eine unmoderne Autorin. Doch ihre Gedichte sind auf eine sehr moderne Art Essays, Reportagen, Soziogramme, psychologische Tests, Meisterwerke der poetischen Novellistik, präzis kalkuliert, sparsam und streng, Poesie der Logik.
In dem Band *Rufe an Yeti* taucht zum ersten Mal als tragendes Element die Ironie auf, hinter der sich diskret die didaktische Absicht verbirgt. Aber auch darin prägt sie ein eigenes Verfahren: zu ironisieren mit Takt, zu entlarven, ohne zu denunzieren.

Manchmal ist es ein trockener Bericht:

Aufstehn. Danken. Abschied nehmen ...
(Pieta)

Manchmal pitoreske Beschreibung:
Töchter des Barock. Teig schwillt im Backtrog,
Bäder dampfen, Weine erröten,
über den Himmel galoppieren Ferkel von Wolken,
Trompeten wiehern den physischen Alarm ...
(Rubens' Frauen)

Oder anmutig lyrischer Humor, wenn sie von einem

berichtet, der sich eine Geige aus Glas baute, »um die Musik zu sehen«, oder handfeste Satire wie im *Autorenabend.*

Kontrapunktisch zum Stoff und seiner Bedeutung verhält sich die Sprache: aus trockenen Konventionalismen zusammengesucht, ja ausgesucht, um den Augenblick gegen die Ewigkeit deutlicher abzusetzen, den winzigen Platz, den wir einnehmen, gegen das Universum abzugrenzen:

Teure Sirenen, so hat es sein müssen,
liebe Faune

(Thomas Mann)

als ob sie ihren Tanten und ihren Cousins schriebe, oder aber das scheinbar flüchtige Parlando nutzte, um das Tragische nicht restlos preiszugeben, es schamhaft zu verbergen.

Ophelia, Dänemark möge dir und mir vergeben:
ich falle in Flügeln, ich überlebe in praktischen Krallen.
Non omnis moriar aus Liebe.

(Der Rest)

Kultur im grauen Kleid der Alltagssprache.

Nach der Lektüre der Gedichte weiß man, warum sich Szymborska nicht auf einen Nenner bringen läßt. Ihre Lyrik ist ständige Metamorphose – hier der epischen Dichtung, dort des Epigramms, der grotesken Miniatur, der Parabel, der Metapher:

Schwalbe, Schönschreibkunst,
Zeiger ohne Minuten,
frühe Vogelgotik,
Silberblick des Himmels,
Schwalbe, spitze Stille,
heitere Traurigkeit,
Aureole Verliebter,
erbarme dich ihrer. *(Denkwürdigung)*

Im oben zitierten Vorwort zu einer ihrer Gedichtsammlungen beruft sich Szymborska auf einen Satz von Montaigne: »Seht doch, wieviel Enden dieser Stock hat!« Ihr sei es völlig gleichgültig, ob dieser Satz in Prosa oder in Gedichtform geschrieben worden ist, es genüge ihr, daß Montaigne, »um sein Erstaunen auszudrücken, Worte fand, die man nicht vergessen kann. Nein, ich habe kein poetisches Programm ... Ich habe nur dieses Motto – als unerreichtes Muster der Kunst des Schreibens und als ständige Ermunterung, mit Gedanken die Offensichtlichkeit zu überschreiten«.
In Szymborskas Gedichten ist alles aus der Beobachtung herausdestilliert. Kein Tränenwasser, kein Geruch von Galle stört die reine Erkenntnis. Übriggelassen wird nur das Endkristall – das Salz: der wertbeständige Sinn, die Ratio des letzten Gefühls.

*

Das unter besonders hohen Temperaturen gewonnene Salz basiert auf aktiven Faktoren zur Behandlung von Schwindelanfällen. Das Präparat entspricht allen Anforderungen, die nach den modernsten Er-

kenntnissen der Heilkunde an eine erfolgreiche poetologische Therapie gestellt werden müssen.
Jedes Gedicht ist wie ein Extrakt aus essentieller Erfahrung. Wirkprinzip der Substanz: Kristalle natürlicher Herkunft mit überwiegend ungesättigten Säuren.
Indikationen sind zu empfehlen bei allen Erkrankungen, die das Sehen, Hören, Fühlen und Denken beeinträchtigen. Das Salz schützt zuverlässig vor Infektionskrankheiten, normalisiert die Leber- und die Gallenfunktion, stellt die Leistungsfähigkeit der roten Körperchen und der grauen Zellen wieder her und beugt der inneren Luftverschmutzung vor.
Wenn vom Arzt nicht anders verordnet, einmal täglich ein Gedicht vor dem Schlafengehen unzerkaut schlucken. Mit etwas Nachdenklichkeit nachspülen, fünfzehn Minuten lang ruhig liegenbleiben, nachwirken lassen.
Handelsform: Originalpackung 44 Gedichte.
Das Präparat ist vor Dunkelheit und Fäulnis zu schützen. Zum baldigen Gebrauch bestimmt. Falls längere Lagerung unvermeidlich – an freundlichen, gut sichtbaren Plätzen aufbewahren (z. B. in den Schaufenstern guter Buchläden oder in öffentlichen Büchereien).

PROLOG

Entdeckung

Ich glaube an die große Entdeckung.
Ich glaube an den Menschen, der die Entdeckung macht.
Ich glaube an die Angst des Menschen, der die Entdeckung macht.

Ich glaube an die Blässe seines Gesichts,
an seinen Brechreiz, den kalten Schweiß auf der Lippe.

Ich glaube an das Verbrennen der Niederschriften,
an ihr Verbrennen zu Asche,
zur letzten.

Ich glaube an das Verschütten der Zahlen,
ihr reueloses Verschütten.

Ich glaube an die Eile des Menschen,
an die Genauigkeit seiner Bewegung,
an seinen unbezwungenen Willen.

Ich glaube an das Zerschlagen der Tafeln,
an das Vergießen der Flüssigkeiten,
an das Erlöschen der Flamme.

Ich meine, daß es gelingen wird,
und daß es dann nicht zu spät sein wird,
und daß sich die Sache ganz ohne Zeugen abspielen wird.

Niemand wird es erfahren, ich bin dessen sicher,
weder die Ehefrau noch die Wand,
auch nicht der Vogel, er könnte es sonst verpfeifen.

Ich glaube an die lässige Hand,
ich glaube an die verpfuschte Karriere,
ich glaube an die vertane Arbeit vieler Jahre,
ich glaube an das ins Grab genommene Geheimnis.

Mir kreisen diese Worte über den Regeln.
Sie suchen keine Stütze bei den Exempeln.
Mein Glaube ist fest, blind und ohne Begründung.

Juli 1970

Von oben betrachtet

Am Feldweg liegt ein toter Käfer.
Er hat die sechs Beine sorgsam auf dem Bauch
gefaltet.
Statt des Wustes von Tod – Sauberkeit und
Ordnung.
Gemäßigt ist das Grauen dieses Anblicks,
die Reichweite streng lokal von der Quecke zur
Minze.
Die Trauer teilt sich nicht mit.
Der Himmel ist blau.

Unserem Frieden zuliebe sterben die Tiere nicht,
sie krepieren den seichteren Tod. Sie verlieren,
wir wollen es glauben, weniger Welt und Gefühl,
verlassen, so will uns scheinen, die weniger tragische
Bühne.
Ihre fügsamen Seelen schrecken uns nicht in der
Nacht.
Sie schätzen Distanz.
Sie kennen die *mores*.

Und also glitzert der tote Käfer, unbeweint,
am Weg in der Sonne.
Es genügt, an ihn soviel zu denken wie hinzusehn:
er liegt, als wäre ihm nichts von Bedeutung passiert.
Bedeutung haben angeblich wir,
nur unsere Leben, nur unser Tod,
der Tod, der erzwungenen Vorrang genießt.

1972

V

Stimmen

Kaum bewegst du den Fuß, schon sprießen aus dem Boden
vor dir die Aboringier, Marcus Emilius.

Mitten in die Rutuler watet genau deine Ferse.
In die Sabiner, Latiner versinkst du bis an die Knie.
Bis an die Hüfte, den Hals, bis an die Nase schon
stehn dir die Äquer und Volsker, Lucius Fabius.

Es gibt verdrießlich viele von diesen kleinen Völkern,
zum Überdruß und zum Erbrechen, Quintus Decius.

Hier eine Stadt, da die zweite, die hundertsiebzigste Stadt.
Der Widerstand der Fidenaten. Der Unwille der Falisker.
Die Blindheit der Ecaetraner. Das Zögern der Antemnaten.
Die Schlaffheit der Labikaner, Peligner, die uns beleidigt.
Das ist es, was hinter jedem neuen Hügel uns,
die wir gutmütig sind, zur Strenge zwingt, Gajus Claelius.

Wenn sie uns wenigstens nicht behinderten, aber sie tun es,
die Aurunker, die Marser, Spurius Manlius.

Von hier und dort die Tarquinier, von überallher die Etrusker.

Außerdem die Volsiner. Überdies die Vejinter.
Wider den Sinn die Aulerker. Item die Sapinaten.
Das überschreitet die menschliche Langmut, Sextus
Oppius.

Die kleinen Völker haben kleinen Verstand.
Immer weitere Kreise zieht der Stumpfsinn um uns.
Tadelnswerte Sitten. Rückständige Gesetze.
Unwirksame Götter, Titus Vilius.

Haufenweise Herniker, Schwärme von Marricinern.
Zahlreich wie die Insekten sind die Vestiner,
Samniten.
Je weiter, desto mehr, mein Servius Folius.

Bedauernswert sind die kleinen Völker.
Ihr Leichtsinn verlangt hinter jedem neuen Fluß
nach Aufsicht, Aulus Janius.

Ich fühle mich bedroht von jeglichem Horizont.
So sehe ich das Problem, mein Hostius Melius.

Drauf sage ich, Hostius Melius, dir, mein Appius
Papius:
vorwärts. Irgendwo schließlich ist das Ende der
Welt.

1972

Eindrücke aus dem Theater

Für mich ist der wichtigste in einer Tragödie der
sechste Aufzug:
die Auferstehung vom Schlachtfeld der Bühne,
das Zupfen an den Perücken, Gewändern,
das Entfernen des Dolchs aus der Brust,
das Lösen der Schlinge vom Hals,
der muntere Auftritt in einer Reihe
mit dem Gesicht zum Parkett.

Verbeugungen, einzeln, gemeinsam:
die weiße Hand auf der Wunde des Herzens,
die Knickse der Selbstmörderin,
das Nicken geköpfter Häupter.

Verbeugungen paarweise:
die Wut Arm in Arm mit der Sanftmut,
das Opfer blickt selig ins Auge des Henkers,
Rebell und Tyrann gehen friedlich nebeneinander.

Der Tritt der Ewigkeit mit der Spitze des
goldnen Pantoffels.
Das Fortfegen der Moral mit der Krempe des Hutes.
Die unverbesserliche Bereitschaft, alles zu
wiederholen.

Der Einzug im Gänsemarsch der früher Verstorbnen,
im zweiten, im vierten Akt, auch zwischen den
Akten.
Die wunderbare Rückkehr der spurlos Verschollnen.

Zu denken, daß sie geduldig hinter Kulissen
warteten,
immer noch kostümiert,
ohne sich abzuschminken,
rührt mich stärker als alle Tiraden des Dramas.

Wahrhaft erhaben aber ist das Fallen des Vorhangs
und was man noch durch den unteren Spalt sieht:
da hebt eine Hand die Blume eilig vom Boden,
dort eine andre das liegengelassene Schwert.
Erst dann erfüllt die unsichtbare dritte
ihre Verpflichtung:
sie schnürt mir die Kehle.

1971

Glückliche Liebe

Glückliche Liebe. Ist das normal,
ist das wichtig, und ist das nützlich –
was hat schon die Welt von zwei Menschen,
die diese Welt nicht sehen?

Zu sich erhoben ohne Verdienst,
die ersten besten von einer Million, allerdings
überzeugt,
daß es so kommen mußte – als Preis wofür? Für
nichts.

Licht fällt von nirgendwoher –
weshalb gerade auf die und nicht andere?
Beleidigt es nicht die Gerechtigkeit? Ja.
Verletzt es nicht alle sorgsam gehäuften Prinzipien,
stürzt die Moral nicht vom Gipfel? Verletzt und
stürzt.

Seht euch die Glücklichen an:
wenn sie sich wenigstens maskierten,
Niedergeschlagenheit spielten, damit die Freunde auf
ihre Kosten kämen!

Hört, wie sie lachen – schimpflich.
Mit welcher Zunge sie sprechen – scheinbar
verständlich.
Und diese ihre Zeremonien, Ziereréien,
die findigen Pflichten untereinander –

es ist wie eine Verschwörung hinter dem Rücken der
Menschheit.

Es läßt sich schwerlich voraussehen, was daraus
würde,
wenn sich ihr Beispiel nachahmen ließe.
Worauf Religion und Dichtung noch bauen könnten,
was hielte man fest, was ließe man sein,
wer bliebe noch gern im Kreis?

Glückliche Liebe. Muß das denn sein?
Takt und Vernunft gebieten, sie zu verschweigen
wie einen Skandal aus den höheren Schichten.
Prächtige Babies werden geboren ohne ihr Zutun.

Sie könnte die Erde, da sie so selten vorkommt,
niemals bevölkern.
So mögen alle, denen die glückliche Liebe fremd ist,
behaupten, es gebe sie nicht.

Mit diesem Glauben lebt es und stirbt es sich leichter.

1971

Lob der Träume

Im Traum
male ich wie Vermeer van Delft.

Ich spreche fließend Griechisch,
nicht nur mit Zeitgenossen.

Ich fahre Auto,
das mir gehorcht.

Ich bin begabt,
schreibe große Poeme.

Ich höre Stimmen,
wie die heiligen Väter, nicht minder.

Ihr würdet staunen
über die Herrlichkeit meines Klavierspiels.

Ich fliege, wie man es muß,
also aus mir heraus.
Fallend vom Dach,
falle ich weich ins Grüne.

Es macht mir nichts aus,
unter dem Wasser zu atmen.

Ich beklage mich nicht:
ich habe Atlantis entdeckt.

Es freut mich, daß ich im Sterben
immer wieder erwache.

Gleich nach Ausbruch des Krieges
dreh ich mich um, auf die bessere Seite.

Ich bin, doch muß ich es nicht,
ein Kind der Epoche.

Vor einigen Jahren
sah ich zwei Sonnen,

Und vorgestern einen Pinguin.
Vollkommen deutlich.

1971

Die Briefe der Toten

Wir lesen die Briefe der Toten wie ratlose Götter,
immerhin Götter, weil uns die späteren Daten
bekannt sind.
Wir wissen, welches Geld nicht erstattet wurde.
Wissen auch, wen die Witwen in Eile geheiratet haben.
Arme, verblendete Tote,
fehlbare, hintergangene, linkisch betriebsame Tote.
Wir sehn hinter ihren Rücken die Fratzen und Zeichen
der andern.
Wir hören, wie die zerrissenen Testamente rascheln.
Sie sitzen lächerlich vor uns, wie auf Butterbrötchen,
oder jagen die ihnen vom Kopf gerissenen Hüte.
Ihr schlechter Geschmack, Napoleon, Dampf und
elektrischer Strom,
ihre tödlichen Kuren gegen die heilbaren Leiden,
die törichte Apokalypse nach Sankt Johannes,
der falsche Himmel auf Erden, nach Johannes
Jakob ...
Schweigend beobachten wir auf dem Schachbrett ihre
Figuren,
nur jetzt um drei Felder weiter.
Alles, was sie voraussahen, kam ganz anders,
oder ein wenig anders, das heißt genauso ganz anders.
Die Eifrigsten blicken vertrauensselig uns in die Augen,
ihnen entfiel, daß sie die Vollkommenheit
darin schauen werden.

1971

Prospekt

Ich bin die Beruhigungstablette.
Ich wirke daheim,
habe Erfolg im Amt,
setze mich zum Examen,
stelle mich der Verhandlung,
klebe exakt die zerschlagenen Krüge zusammen –
nimm mich nur ein,
laß mich zergehen unter der Zunge,
schluck mich nur runter,
spüle mit Wasser nach.

Ich weiß, wie dem Unglück begegnen,
die schlechte Nachricht ertragen,
die Ungerechtigkeit mindern,
das Nichtvorhandensein Gottes erklären,
den kleidsamen Trauerhut wählen.
Was zögerst du noch –
vertraue dem chemischen Mitleid.

Du bist noch jung,
du solltest dich einrichten, denn
wer sagte,
man solle dem Leben tapfer begegnen?

Gib mir nur deinen Abgrund –
ich überbrück ihn mit Schlaf,
du wirst mir dankbar sein
für die vier Pfoten des Fallens.

Verkauf mir deine Seele:
andere Käufer findest du nicht.
Andere Teufel gibt es nicht mehr.

1971

Heimkehr

Er kam nach Hause. Sagte kein Wort.
Klar, daß er Ärger hatte.
Legte sich unausgezogen hin.
Verbarg den Kopf in der Decke.
Zog seine Knie an.

Er ist etwa vierzig, doch nicht in diesem Moment.
Er ist nicht mehr als damals im Mutterleib,
hinter den sieben Häuten, im schützenden Dunkel.
Morgen wird er den Vortrag halten über Homöostase
in der metagalaktischen Kosmonautik.
Vorläufig liegt er zusammengerollt
und schläft.

1971

Klassiker

Ein paar Klümpchen Erde, und vergessen ist das Leben.
Befreit ist die Musik von den Begleitumständen.
Verstummt des Meisters Hüsteln über Menuetten.
Und losgelöst die Kataplasmen.
Das Feuer verdaut die Perücke samt Läusen und Staub.
Fort sind die Tintenflecke von der Spitzenmanschette.
Zum Abfall wandern Pantoffeln, lästige Zeugen.
Die Geige eignet sich an der unbegabteste Schüler.
Die Fleischerrechnungen tauchen zwischen den Noten auf.

In Mäusebäuchen landen die Briefe der armen Mutter.
Die glücklose Liebe vergeht.
Das Auge hört auf zu tränen.
Das blaßrote Band kann die Tochter des Nachbarn brauchen.

Die Zeiten sind, gottseidank, noch nicht romantisch.
Alles, was kein Quartett ist,
wird als fünftes verworfen.
Alles, was kein Quintett ist,
wird als sechstes gelöscht.
Alles, was nicht ein Chor ist, einer von vierzig Engeln,
verhallt als Hundegeheul und Gendarmengestammel.
Entfernt wird vom Fenster der Blumentopf mit der Aloe,

der Teller mit Fliegengift und das Döschen mit der
Pomade,
und frei wird ein Blick – aber ja ! – ein Blick in den
Garten,
einen Garten, den es hier niemals gegeben hat.

Und nun hört zu, ihr Sterblichen, hört gut zu,
spitzt eure Ohren und staunt,
ihr eifrigen, staunenden, sterblichen Lauscher, hört,
hört zu – nur zu – ganz Ohr –

1971

Das Massenfoto

Auf dem Massenfoto
ist mein Kopf der siebte vom Rand,
vielleicht der vierte von links
oder der zehnte von unten;

mein Kopf, wer weiß der wie vielte,
nicht einer mehr, nicht der einzige,
ähnlich bereits den ähnlichen,
weder weiblich noch männlich;

die Kennzeichen, die er mir gibt,
sind keine besonderen;

mag sein, daß der ZEITGEIST ihn sieht,
doch er sieht ihn nicht an;
mein statistischer Kopf,
der Stahl und Kabel gelassen,
äußerst global verbraucht;

ohne Scham, daß er beliebig,
nicht verzweifelnd, daß er vertauschbar;

als hätt ich ihn gar nicht
auf meine Art und besonders;

als läge ein Friedhof frei
voll namenloser,
recht gut erhaltener Schädel
trotz der Sterblichkeitsquote;

als läge er dort bereits,
mein fremder, summarischer Kopf;

der, wenn er sich je erinnert,
dann nur an die tiefe Zukunft.

1970

Verfolgung

Ich weiß, mich erwartet Stille, und doch.
Kein Jubel, keine Fanfaren, kein Beifall, und doch.
Kein Warngeläut, keine Angst, selbst die nicht.
Ich rechne nicht einmal mit einem dürren Blatt,
geschweige mit Silberpalästen und Gärten,
würdigen Greisen, gerechten Gesetzen,
mit Weisheit in Kugeln aus purem Kristall, und doch.

Ich weiß, ich begehe nicht deshalb den Mond,
um Ringe, verlorene Bänder zu suchen.
Sie haben beizeiten alles mit sich genommen.

Nichts, was bezeugen könnte, daß.
Unrat, Abfälle, Kram, Beschriebenes, Krumen,
Splitter, Späne, Scherben, Brocken, Gerümpel.

Ich, natürlich, bücke mich nur nach dem Steinchen,
dem ich nicht ablesen werde, wohin sie gegangen sind.
Sie mögen es nicht, mir Zeichen zu hinterlassen.
Ihre Kunst, die Spur zu verwischen, ist
unvergleichlich.

Seit Urzeiten kenne ich ihr Talent, zur rechten Zeit
zu verschwinden;
göttlich ist ihre Unfaßbarkeit, an den Hörnern, am
Schweif,
am Saum des Gewands, das sich im Abflug bläht.
Kein Härchen wird ihnen je gekrümmt, für mich.

Überall sind sie um einen Gedanken listiger als ich
selbst,
immer einen Schritt mir voraus, bevor ich es schaffe,
spöttisch ausgesetzt der Unbill des Vorrangs.

Sie sind nicht vorhanden, waren nie da, und doch
muß ich es ständig mir wiederholen,
bemüht kein Kind zu sein, dem es schiene.

Und was so plötzlich mir vor den Füßen
davonsprang,
es sprang nicht weit, weil es zertreten stürzte,
auch wenn es immer noch zuckt
und aus sich dauerndes Schweigen verbreitet,
es ist nur ein Schatten, zu sehr mein eigner, als daß
ich am Ziel mich fühlte.

1970

Jedenfalls

Es hätte geschehen können.
Es hat geschehen müssen.
Es war schon früher geschehen. Später.
Näher. Ferner.
Es ist nicht dir geschehen.

Du überlebtest, denn du bist der erste gewesen.
Du überlebtest, denn du bist der letzte gewesen.
Weil selbst. Weil die Menschen.
Weil links. Weil rechts.
Weil Regen. Weil Schatten.
Weil Sonne.

Zum Glück gabs den Wald.
Zum Glück keine Bäume.
Zum Glück das Gleis, den Haken, den Balken, die Bremse,
die Nische, die Kurve, den Millimeter, eine Sekunde.
Zum Glück schwamm ein Strohhalm im Wasser.

Infolge, deswegen, und dennoch, trotzdem.
Was wär, wenn die Hand, das Bein,
einen Schritt, eines Haares Breite
vom Zufall.

Also du bist? Stracks aus dem noch durchlässigen Moment?
Das Netz aus einer Masche, und du durch diese Masche?

Ich kann mich nicht genug darüber wundern,
schweigen.

Höre,
wie schnell mir dein Herz schlägt.

1970

IV

Vietnam

Wie heißt du, Frau? Ich weiß nicht.
Wann bist du geboren, wo? Ich weiß nicht.
Wieso gräbst du dich ein? Ich weiß nicht.
Seit wann versteckst du dich hier? Ich weiß nicht.
Warum hast du mich in den Zeigefinger gebissen?
Ich weiß nicht.
Wir tun dir nichts Böses, weißt du? Ich weiß nicht.
Auf wessen Seite stehst du? Ich weiß nicht.
Wir haben jetzt Krieg, du mußt wählen. Ich weiß
nicht.
Steht denn dein Dorf noch? Ich weiß nicht.
Sind das deine Kinder? Ja.

1967

Monolog für Kassandra

Ich bins, Kassandra.
Und das ist meine Stadt unter der Asche.
Und das hier ist mein Stock und meine Orakelbinde.
Und das hier ist mein Schädel voller Zweifel.

Es stimmt, ich triumphiere.
Mein Recht schlug mit dem Feuerschein zum Himmel.
Nur unglaubwürdige Propheten
genießen diese Aussicht,
nur die, die falsch ans Werk gegangen,
wo alles hätte sich so schnell erfüllen können,
als wären sie nicht da.

Ich erinnere mich genau,
wie Menschen bei meinem Anblick verstummten.
Gelächter brach los.
Hände entflochten sich.
Kinder liefen zu ihren Müttern.
Ich hatte nicht einmal ihre unbeständigen Namen
gewußt.
Und dieses Lied vom grünen Blatt –
in meiner Gegenwart beendete es niemand.

Ich liebte sie.
Aber ich liebte sie von oben,
von oberhalb des Lebens.
Aus der Zukunft. Wo es leer ist
und wo nichts leichter ist, als in den Tod zu sehen.

Es tut mir leid, daß meine Stimme hart war.
Seht von den Sternen auf euch, rief ich,
seht von den Sternen.
Sie hörten es und senkten den Blick.

Sie lebten im Leben.
Windig.
In Vorurteilen.
In Abschiedskörpern von Geburt an.
Doch eine feuchte Hoffnung war in ihnen,
ein Flämmchen, das vom eigenen Flackern sich
ernährte.
Sie wußten, was ein Augenblick bedeutet,
ach, wärs nur einer, irgendeiner,
bevor –

Es kam so, wie ich sagte.
Nur daß daraus nichts folgt.
Und das hier ist mein Kleid, versengt vom Feuer.
Und das ist mein Prophetentand.
Und das ist mein verzerrtes Gesicht;
es hat nicht gewußt, daß es auch schön sein konnte.

1967

Der Akrobat

Von einem Trapez zum
zum andern, in der Stille nach
nach einem plötzlich verstummten Wirbel, durch
durch die bestürzte Luft, schneller als
als die Last des Körpers, der wieder
wieder das Fallen versäumt hat.

Allein. Oder weniger als allein,
weniger, da gebrechlich, denn ihm fehlen
fehlen die Flügel, sie fehlen ihm ungemein,
ein Mangel, welcher ihn zwingt
zu schamhaften Höhenflügen auf ungefiederter,
nackter Spannung.

Mühsam leicht,
geduldig flink,
mit kalkulierter Phantasie. Siehst du,
wie er sich duckt zum Flug, weißt du,
wie er sich auflehnt von Kopf zu Fuß
gegen den, der er ist; weißt du, siehst du,
wie listig er seine frühere Form durchzieht und,
um die wippende Welt in der Faust zu fassen,
die aus sich neugeborenen Arme ausstreckt –

schöner als alles in diesem einen
in diesem einen, der übrigens schon verging, Moment.

1967

Pieta

Im Städtchen, in dem der Held geboren wurde,
das Denkmal besichtigen, loben, daß es groß ist,
zwei Hühner vertreiben von der Schwelle des leeren
Museums,
erfahren, wo seine Mutter wohnt,
klopfen, die knarrende Tür aufstoßen.
Sie hält sich grade, kämmt sich glatt, blickt hell.
Sagen, daß man aus Polen gefahren kommt.
Grüßen. Fragen, laut und deutlich.
Ja, sie habe ihn sehr geliebt. Ja, so sei er immer
gewesen.
Ja, sie habe damals vor der Gefängnismauer
gestanden.
Ja, sie habe die Salve gehört.
Bedauern, daß man kein Tonband mitgenommen hat,
und keine Kamera. Ja, sie kenne diese Geräte.
Im Rundfunk habe sie seinen letzten Brief gelesen.
Im Fernsehen alte Wiegenlieder gesungen.
Sie sei sogar einmal aufgetreten im Film, habe tränend
in die Jupiterlampen gestarrt. Ja, die Erinnerung
rühre sie.
Ja, sie sei etwas müde. Ja, das gehe vorüber.
Aufstehen. Danken. Abschied nehmen. Hinausgehn,
vorbei an den nächsten Touristen im Flur.

1967

Bewegung

Du, hier, weinst, und sie, dort, tanzen,
tanzen dort in deiner Träne.
Scherzen dort, sind ausgelassen.
Wissen nichts und nichts dort drüben.
Fast wie Flimmern aus den Spiegeln.
Fast wie Flackern von den Kerzen.
Wandelgänge fast und Treppen.
Gesten fast und fast Manschetten.
Windhund Wasserstoff mit Sauer-,
Taugenichtse Chlor und Soda,
Fatzke Stickstoff tanzen Reigen:
Wie sie fallen, sich erheben,
wie sie unter Kuppeln kreisen.

Du, hier, weinst, spielst ihnen auf.
Eine kleine Nachtmusik.
Wer bist du, schöne Maske.

1967

Freude am Schreiben

Wohin läuft die geschriebene Ricke durch den
geschriebenen Wald?
Etwa, vom geschriebenen Wasser zu trinken,
das ihr Geäse widerspiegelt wie Blaupapier?
Wieso hebt sie den Kopf, ob sie was wittert?
Gestützt auf die vier von der Wahrheit geliehenen
Läufe,
spitzt sie die Lauscher in meinen Fingern.
Stille – auch diese Vokabel raschelt auf dem Papier
und streift
die vom Wörtchen »Wald« verursachten Zweige.

Über dem weißen Blatt lauern sprungbereit
die Buchstaben, die sich womöglich schlecht fügen
werden,
belagernde Sätze,
vor denen es keine Rettung gibt.

Der Tropfen Tinte hat einen ziemlichen Vorrat
an Jägern mit Späheraugen,
bereit, die steile Feder hinabzustürzen,
in Anschlag zu gehen, das Reh zu stellen.
Sie vergessen, daß hier das Leben nicht da ist.
Hier herrschen andre Gesetze, schwarz auf weiß.
Hier dauert jeder Moment so lange, wie ich es will,
er läßt sich zerlegen in kleine Ewigkeiten,
voller Kugeln, die man im Fluge anhält.
Wenn ich befehle, passiert hier nichts von Dauer.

Ohne meinen Willen fällt kein Blatt,
kein Grashalm beugt sich vor dem Punkt des Hufs.

So gibt es also eine Welt,
deren unabhängiges Schicksal ich bestimme?
Eine Zeit, die ich mit Ketten von Zeichen binde?
Ein Sein, das beständig ist durch meine Verfügung?

Freude am Schreiben.
Möglichkeit des Erhaltens.
Rache der sterblichen Hand.

1967

Anflug

In diesem Frühjahr kamen die Vögel wieder zu früh
zurück.
Freu dich, Vernunft, auch der Instinkt also irrt,
er übersieht was, vergafft sich, und schon fallen sie in
den Schnee
und kommen erbärmlich um, verkommen, ungeachtet
der Konstruktion ihrer Kehlen, ihrer winzigen Krallen,
ihrer redlichen Knorpel, der zuverlässigen Schleimhaut,
der Zuflüsse zu ihrem Herzen, des Labyrinths der
Därme,
der Schiffe von Rippen und Wirbeln in lichten
Zimmerfluchten,
ihres Gefieders, das würdig wär eines Pavillons im
Museum allen Handwerks,
und des Schnabels von mönchischer Geduld.

Das ist keine Klage, nur Empörung darüber,
daß ein Engel aus wahrem Eiweiß,
ein Springinsfeld mit Drüsen vom Lied der Lieder,
einzeln in der Luft, ungezählt in der Hand,
Zelle für Zelle vereint zur Gemeinsamkeit
von Ort und Zeit, wie ein klassisches Stück
im Applaus der Flügel
fällt und sich neben den Stein legt,
der auf seine archaische Weise
hinabblickt aufs Leben wie auf verschmähte
Experimente.

1967

Thomas Mann

Teure Sirenen, so hat es sein müssen,
geliebte Faune, großmächtige Engel,
die Evolution hat euch wahrlich verleugnet.
Nicht aus Mangel an Einfällen, aber ihr und eure
Flossen aus den Tiefen des Devons und Brustkörbe
aus dem Alluvium,
eure fingrigen Hände und kleinbehuften Füße,
diese Arme nicht statt sondern zusätzlich zu den
Flügeln,
diese eure, wie furchtbar, Zwiegeschöpfe-Skelette,
anachronistisch geschwänzt, aus lauter Trotz gehörnt,
vogelartig umsonst, ja dieses Geklebe, Geknorpel,
dieses Puzzle-Gutsle, diese Distichonaden,
die kunstvoll den Menschen mit Reihern
zusammenreimen,
so daß er fliegt und unsterblich ist und allwissend
– gebt es doch zu, das wäre ein Scherz,
ein ewiger Überschwang und ein Ärger,
den die Natur nicht haben will und nicht hat.

Gut, daß sie wenigstens einem Fisch zu fliegen erlaubt
mit provokanter Flinkheit. Jeder von diesen Flügen
ist ein Trost in der Regel, eine Begnadigung
in der gemeinen Not, eine reiche Gabe,
mehr als erforderlich wäre, damit die Welt die Welt
sei.

Gut, daß sie wenigstens solche Luxusszenen zuläßt

wie das Schnabeltier, das mit Milch seine Kücken
füttert.
Sie könnte Einspruch erheben – und wer von uns
würde merken,
daß er beraubt worden ist?
Aber das Beste ist,
daß sie den Zeitpunkt verpaßte, als das Säugetier
aufkam
mit der von einer Waterman herrlich befiederten
Hand.

1967

Volkszählung

Auf dem Hügel von Troja
sind sieben Städte ausgegraben worden.
Sieben Städte. Sechs zuviel
für ein Epos.
Wohin mit dem Rest, was tun?
Die Hexameter bersten,
der afabulöse Baustein gerät aus den Fugen,
die Mauern stürzen ein in der Stille des Stummfilms;
verkohlte Balken, zerrissene Glieder,
Krüge, leergetrunken bis zum Verlust des Bodens,
Fruchtbarkeitsamulette, Keime von Gärten
und Totenschädel, berührbar wie der morgige Mond.

Unser Altertum wächst,
allmählich wirds darin eng,
ungesetzliche Mieter machen sich in der Historie breit,
Fleischformationen für Schwerter,
Kehrseiten Hektors, des Adlers, die es ihm gleichtun
an Mut,
tausend und abertausend Einzelgesichter,
und jedes ein erstes und letztes in dieser Zeit,
und jedes mit zwei ungewöhnlichen Augen.
Es war so leicht, nichts zu wissen davon,
so rührend, geräumig.

Was tun mit den Städten, was ihnen geben?
Ein schwach bevölkertes Jahrhundert?
Ein wenig Anerkennung für ihre Goldschmiedekunst?

Für das letzte Gericht ist es zu spät.
Wir, drei Milliarden Richter,
haben unsre Geschäfte,
ein eigenes unartikuliertes Gewimmel,
Bahnhöfe, Sporttribünen, Paraden,
zählbares Ausland von Straßen, Etagen, Wänden.
Wir gehn aneinander vorbei in den Warenhäusern
beim Einkauf des neuen Kruges.
Homer macht Dienst im Statistischen Amt.
Was er zu Hause treibt, weiß niemand.

1967

Tarsius

Ich, Tarsius, Sohn des Tarsius,
Enkel und Urenkel des Tarsius,
ein kleines Tier, das aus zwei Pupillen
und dem unabdingbaren Rest besteht;
von der weiteren Evolution wie durch ein Wunder
verschont,
denn ich bin kein Leckerbissen,
für Pelzkrägen gibt es größere,
meine Drüsen bringen kein Glück,
Konzerte finden statt ohne meinen Darm;
ich, Tarsius,
sitze auf einem Menschenfinger und lebe.

Guten Tag, großer Herr,
was gibst du mir dafür,
daß du mir gar nichts zu nehmen gezwungen bist?
Womit belohnst du mir deine Hochherzigkeit?
Welchen Preis, Unschätzbarer, bin ich dir wert
dafür, daß ich zu deinem Lächeln posiere?

Ein großer guter Herr –
ein großer gnädiger Herr –
wer könnte das bezeugen, wenn es nicht
Tiere gäbe, die keines Todes wert sind?
Vielleicht ihr selbst?
Was ihr bereits von euch wißt,
das reicht für eine schlaflose Nacht von Stern zu
Stern.

Nur wir wenigen, die nicht vom Fell Gezogenen,
nicht von den Knochen Geschälten, nicht von den
Federn Gerupften,
verschont in den Stacheln, Hülsen, Eckzähnen,
Hörnern,
und was wer noch
vom findigen Eiweiß besitzt,
sind, großer Herr, dein Traum,
der dich freispricht für eine Weile.

Ich, Tarsius, Vater und Großvater des Tarsius,
ein kleines Tier, beinah ein halbes Etwas,
das dennoch ein Ganzes ist und nicht geringer als
andre;
so leicht, daß die Zweige sich unter mir heben
und längst mich zum Himmel getragen hätten,
wenn ich nicht hin und wieder
fallen müßte als Stein von den,
ach, gerührten Herzen;
ich, Tarsius,
weiß, wie sehr man Tarsius sein muß.

1966

III

Im Fluß des Heraklit

Im Fluß des Heraklit
fischen Fische nach Fischen,
zerlegen Fische Fische mit einem scharfen Fisch,
bauen Fische Fische, wohnen Fische in Fischen,
fliehen Fische aus belagerten Fischen.

Im Fluß des Heraklit
liebt ein Fisch einen Fisch,
deine Augen, sagt er, leuchten wie Fische am Himmel,
ich möchte mit dir im gemeinsamen Ozean münden,
du Allerschönste des Fischschwarms.

Im Fluß des Heraklit
erfand ein Fisch den Fisch über alle Fische,
knien Fische vor Fischen, singen Fische für Fische,
bitten die Fische um eine leichtere Schwimmzeit.

Im Fluß des Heraklit
bin ich Einzelfisch, Sonderfisch
(zumindest nicht so wie der Baumfisch oder der
Steinfisch),
ich schreibe zuweilen kleine Fische nieder
in Silberschuppen, so kurz,
daß da womöglich Dunkel verlegen blinzelt?

1962

Autorenabend

Muse, kein Boxer zu sein bedeutet, gar nicht zu sein.
Das brüllende Publikum hast du uns nicht gegönnt.
Zwölf Zuhörer sind im Saal,
es ist Zeit, zu beginnen.
Die Hälfte ist da, weil es regnet,
der Rest sind Verwandte. Muse!

Die Frauen fielen gern in Ohnmacht an diesem
herbstlichen Abend,
sie werden es tun, aber nur beim Faustkampf.
Dantische Szenen gibt es nur dort.
Genauso das Indenhimmelgehobenwerden. Muse.

Kein Boxer zu sein, Poet zu sein,
verurteilt zu sein zu lebenslänglichen Norwids*,
aus Mangel an Muskulatur der Welt die künftige
Schullektüre
vorzuführen, im günstigsten Fall.
O Muse. Pegasus,
Engel unter den Pferden.

Der Alte in der ersten Reihe träumt behaglich,
seine Verblichene steige aus ihrem Grab und
backe ihm einen Pflaumenkuchen.

* Norwid, Kamil Cyprian – bedeutender, von den Zeitgenossen verkannter polnischer Dichter des XIX. Jahrhunderts. *(A. d. Üb.)*

Mit Feuer, mit einem kleinen, sonst könnte der
Kuchen verbrennen,
fangen wir an zu lesen. Muse.

1962

Fremde Vokabel

»La Pologne? La Pologne? Schrecklich kalt dort, nicht wahr?« fragte sie mich und atmete sofort leichter. Es gibt jetzt so viele von diesen Ländern, daß es am sichersten ist, über das Klima zu sprechen.
»Oh ja«, möchte ich ihr antworten, »die Dichter meines Landes schreiben in Handschuhn. Ich behaupte nicht, sie zögen sie niemals aus; wenn der Mondschein wärmt, dann schon. In ihren Strophen, vom lauten Getöse skandiert, denn nur Getöse dringt durch das Heulen der Stürme, besingen sie das einfache Leben der Seehundhirten. Die Klassiker wühlen mit Tintenzapfen in festgetretenen Dünen. Der Rest, die Dekadenten, beweint das Schicksal der kleinen Sterne aus Schnee. Wer sich ertränken will, muß zum Beil greifen, um eine Wake zu schlagen. So ist das, meine Liebe.«

So möchte ich ihr antworten. Aber ich vergaß, was Seehund auf französisch heißt. Ich bin mir auch des Zapfens und der Wake nicht ganz sicher.
»La Pologne? La Pologne? Schrecklich kalt dort, nicht wahr?«
»Pas du tout«, antwortete ich eisig.

1962

Zu nah

Ich bin zu nah, als daß er von mir träumte.
Ich überflieg ihn nicht, entflieh ihm nicht
unter die Wurzeln der Bäume. Ich bin zu nah.
Nicht meine Stimme singt der Fisch im Netz.
Der Ring rollt nicht von meinem Finger.
Ich bin zu nah. Die große Hütte brennt,
da wo ich Hilfe schreie, ohne mich. Zu nah,
als daß die Glocke läutete auf meinem Haar.
Zu nah, um anzuklopfen wie ein Gast,
vor dem die Wände auseinandertreten.
Nie sterbe ich zum zweiten Mal so leicht,
so wissenlos, so außerhalb des Körpers,
wie einst in seinem Traum. Ich bin zu nah,
zu nah. Ich hör das Stöhnen,
seh die Grimasse dieses Wortes,
gelähmt von der Umarmung. Er schläft tief,
zugänglicher in diesem Augenblick der einmal nur gesehenen
Kassiererin des Wanderzirkus mit dem Löwen
als mir, die ich daneben liege.
Jetzt wächst für sie das Tal in ihm,
rostlaubig, eingesperrt vom Berg des Schnees
in blauer Luft. Ich bin zu nah,
um ihm vom Himmel in den Schoß zu fallen.
Mein Schrei kann ihn nur wecken. Ich bin, Arme,
beschränkt auf meine eigene Gestalt,
und war doch eine Birke, eine Eidechse
und trat aus Zeiten und Brokaten vor,

mit Farben vieler Häute schillernd. Und besaß
die Gnade, vor erstaunten Augen zu verschwinden,
den Schatz der Schätze. Jetzt bin ich zu nah,
zu nah, als daß er von mir träumte.
Ich zieh den Arm unter dem Kopf des Schlafenden
hervor,
erstarrt, voll ausgeschlüpfter Nadeln.
Auf jeder ihrer Spitzen, abzuzählen,
sitzen gestürzte Engel.

1962

Beim Wein

Er sah, sein Blick gab mir Schönheit,
und ich empfing sie als die meine.
Glücklich, verschlang ich einen Stern.

Ich ließ geschehen, daß er mich ausdachte
zum Ebenbild der Spiegelung
in seinen Augen. So tanze ich, tanze
in dem Geflatter plötzlicher Flügel.
Tisch ist Tisch, Wein ist Wein
im Glas, das ein Glas ist
und stehend auf dem Tisch steht.
Aber ich bin imaginär,
unglaublich imaginär,
imaginär bis ins Blut.

Ich erzähl ihm, was er will: von Ameisen,
die an der Liebe sterben
unter dem Sternbild der Pusteblume.
Ich schwöre, daß weiße Rosen,
mit Wein besprengt, singen.

Ich lache, neige den Kopf
behutsam, als überprüfte ich
eine Erfindung. Ich tanze, tanze
in der staunenden Haut, in der Umarmung,
die mich erschafft.

Eva aus Rippe, Venus aus Schaum,
Minerva aus Jovis' Haupt
waren wirklicher.

Blickt er an mir vorbei,
such ich mein Spiegelbild
an der Wand. Dort seh ich nur
einen Nagel, kein Bild.

1962

Überraschendes Wiedersehen

Wir begegnen uns höflich,
sagen: Wie nett, sich nach Jahren wiederzusehen.

Unsere Tiger trinken Milch.
Unsere Habichte laufen zu Fuß.
Unsere Haie ertrinken im Wasser.
Unsere Wölfe gähnen am offenen Käfig.

Unsere Schlangen haben sich freigeschüttelt von
Blitzen,
die Affen von Einfällen, die Pfauen von Federn.
Die Fledermäuse sind längst schon aus unseren
Haaren geflüchtet.

Wir verstummen mitten im Satz,
hilflos lächelnd.
Unsereiner hat sich
nichts mehr zu sagen.

1962

Goldene Hochzeit

Sie mußten früher verschieden gewesen sein,
Feuer und Wasser, sich jäh unterscheiden,
sich gegenseitig berauben und sich beschenken
in der Begierde, im Angriff auf ihre Unähnlichkeit.
Umarmt, eigneten sie sich an und enteigneten sie sich
so lange, bis nur noch Luft in den Armen war,
durchsichtig nach dem Abflug der Blitze.

Eines Tages fiel die Antwort vor der Frage.
Eines Nachts errieten sie den Ausdruck ihrer Augen
nach der Art des Schweigens, in der Dunkelheit.

Das Geschlecht verblaßt, die Geheimnisse
verglimmen,
im Ähnlichen treffen sich die Unterschiede
wie alle Farben im Weiß.

Wer von ihnen ist doppelt, wer nicht da?
Wer lächelt mit zwei Lächeln?
Wessen Stimme hallt zweistimmig wider?
In wessen Bejahung nicken die Köpfe?
Mit wessen Geste heben sie den Löffel an den Mund?
Wer ist hier wem aus dem Gesicht geschnitten?
Wer lebt hier, wer ist hier gestorben,
versponnen in die Linien – wessen Hand?

Langsam wachsen Zwillinge aus dem Starrblick.
Vertraulichkeit ist die vollendetste der Mütter –

sie zieht keines ihrer beiden Kinder vor,
sie weiß sie kaum noch zu unterscheiden.

Am Tag der goldenen Hochzeit, am Feiertag
setzte sich eine einerlei erblickte Taube auf das
Fenster.

1962

Kurzfassung

Hiob, erfahren an Leib und Gut, verwünscht das Schicksal der Menschen. Große Poesie. Nun kommen die Freunde, zerreißen ihre Kleider und befinden über Hiobs Schuld vor dem Herrn. Hiob schreit, er sei gerecht gewesen. Hiob weiß nicht, wieso ihn der Herr ereilt hat. Hiob will reden mit ihnen. Hiob will reden mit dem Herrn. Der Herr läßt sich herab in einem Wagen aus Wind. Vor Hiob, der bis auf die Knochen entblößt ist, rühmt er sein Werk: den Himmel, die Meere, die Erde, die Tiere. Behemoth vor allem, Leviathan besonders, die Bestien, die Ehrfurcht gebieten. Große Poesie. Hiob hört zu – der Herr spricht nicht zum Thema, weil der Herr nicht zum Thema zu sprechen wünscht. Also demütigt er sich willig vor dem Herrn. Nun überstürzen sich die Ereignisse. Hiob gewinnt die Maultiere und die Kamele zurück, die Ochsen und Schafe bekommt er doppelt. Haut bewächst den bleckenden Totenschädel. Hiob läßt es gut sein. Hiob ist bereit. Er beschließt, dem Meisterwerk nicht mehr im Wege zu stehen.

1962

Prolog zu einer Komödie

Er baute sich eine Geige aus Glas, um die Musik zu sehen. Er zog seinen Kahn auf den Gipfel des Berges und wartete, daß das Meer zu ihm käme. Bis in die Nächte hinein las er im Kursbuch; die Endstationen rührten ihn zu Tränen. Er züchtete Veilchen mit F. Er schrieb ein Gedicht auf die Haarwuchspflege, danach ein ähnliches zweites. Er zerschlug die Rathausuhr, um den Blätterfall der Bäume aufzuhalten für immer. Im Blumentopf, wo der Schnittlauch wuchs, wollte er eine Stadt ausgraben. Er ging mit der Erde bei Fuß, lächelnd, langsam, wie zwei und zwei gleich zwei – glücklich. Als man ihm sagte, daß es ihn gar nicht gäbe, konnte er vor Kummer nicht sterben und mußte geboren werden. So lebt er nun irgendwo, blinzelt und wächst. Im rechten Moment! Zur guten Zeit! Unserer Allergnädigsten Herrin, Der Süßen Besonnenen Maschine kommt ein Narr zur würdigen Kurzweil und zur naiven Freude recht bald zustatten.

1962

Der Rest

Ophelia sang die tollen Lieder ab
und floh erregt von der Bühne,
ob denn ihr Kleid nicht knittere, ob denn ihr Haar
auf die Arme herunterfließe, wie sich das gehört.

Zu guter Letzt wäscht sie die Brauen
von der schwarzen Verzweiflung rein und zählt –
als Polonius' natürliche Tochter –
sicherheitshalber die Blätter, die sie aus dem Haar
entfernt.
Ophelia, Dänemark möge mir und dir vergeben:
ich falle in Flügeln, ich überlebe in praktischen
Krallen.
Non omnis moriar aus Liebe.

1962

Museum

Teller, aber kein Appetit.
Ringe, doch ohne Gegenliebe,
seit mindestens dreihundert Jahren.

Fächer – wo ist das Wangenrot?
Schwerter – wo ist der Zorn geblieben?
Die Laute klirrt nicht einmal nach zur grauen Stunde.

Aus Mangel an Ewigkeit wurden
zehntausend alte Gegenstände versammelt.
Ein bemooster Diener schlummert
und läßt den Schnurrbart auf die Vitrine fallen.

Vogelfeder, Lehm, Metalle
triumphieren leise in der Zeit.
Nur die Nadel der ägyptischen Lachfrau kichert.

Die Krone überdauerte den Kopf.
Die Hand verlor gegen den Handschuh.
Der rechte Pantoffel siegte über den Fuß.

Was mich betrifft, ich lebe, recht und schlecht.
Mein Wettlauf mit dem Kleid geht weiter.
Doch welchen Widerstand es leistet!
Und wie es überleben möchte!

1962

Rubens' Frauen

Frauliche Fauna, Walküren,
nackt wie das Donnern der Tonnen.
Sie nisten in den zertrampelten Betten,
schlafen mit wie zum Krähen aufgerissenen
Mündern.

Ihre Augäpfel sind nach innen gedreht
und stieren in die Drüsen,
aus denen Hefe sickert ins Blut.

Töchter des Barock. Teig schwillt im Backtrog,
Bäder dampfen, Weine erröten,
über den Himmel galoppieren Ferkel von Wolken,
Trompeten wiehern den physischen Alarm.

O kürbisrunde, o maßlose
und durch das Wegwerfen der Kleider verdoppelte
und durch die gewalttätige Pose verdreifachte
fette Liebesgerichte!

Ihre mageren Schwestern waren früher aufgestanden,
bevor es dämmerte auf dem Bild.
Und niemand sah, wie sie im Gänseschritt
über die unbemalte Seite der Leinwand gingen.

Vertriebene des Stils. Abgezählte Rippen,
Vogelnatur der Füße und Hände.
Mit den hervorstehenden Schulterblättern versuchen
sie, zu fliehen.

Das dreizehnte Jahrhundert hätte ihnen goldenen
Grund gegeben,
das zwanzigste eine Silberleinwand.
Dieses siebzehnte hat für die Flachen gar nichts übrig.

Denn sogar der Himmel ist konvex,
konvex sind Engel und Gott –
Phöbus mit Schnurrbart, der auf schwitzendem Roß
in den siedenden Alkoven reitet.

1962

Wasser

Ein Wassertropfen fiel auf meine Hand,
abgezapft dem Ganges, dem Nil,
dem zum Himmel gefahrenen Reif vom Schnurrbart
des Seehunds,
dem Wasser zerschlagener Krüge in Ys und Tyr, den
Städten.

Auf meinem Zeigefinger ist
das Kaspische Meer eine offene See,

und der Pazifik mündet in die Rudawa,
dieselbe, die über Paris als Wolke dahinflog

im Jahre siebenhundertvierundsechzig
am siebten Mai um drei Uhr morgens.

Es gibt nicht genug Lippen, um deine
flüchtigen Namen auszusprechen, Wasser.

Ich müßte in allen Zungen dich nennen,
die Selbstlaute alle auf einmal sagen

und schweige zugleich – wegen des Sees,
dem keinerlei Name zuteil geworden war

und der nicht auf Erden ist – wie im Himmel
der darin sich spiegelnde Stern.

Jemand ertrank, jemand rief sterbend nach dir.
Das war in der Vorzeit, und das war gestern.

Du löschtest Häuser, rissest Gebäude mit
wie Bäume, Wälder wie Städte.

Du warst in den Taufbecken und in den Badewannen
der Kurtisanen,
in Küssen, in Totentüchern.

An Steinen nagend, den Regenbogen nährend.
Im Schweiß und Tau der Pyramiden, von
Fliederbüschen.

Wie leicht ist das alles im Regentropfen.
Wie behutsam berührt mich die Welt.

Was immer wann immer wo immer geschah,
es steht geschrieben im Wasser Babel.

1962

II

Die zwei Affen von Breughel

So sieht mein großer Traum vor der Reifeprüfung
aus:
im Fenster sitzen zwei angekettete Affen,
hinter dem Fenster segelt der Himmel
und badet das Meer.

Ich werde geprüft in Menschheitsgeschichte.
Ich stottre und stocke.

Der eine Affe betrachtet mich, hört mir ironisch zu,
der andre schlummert scheinbar –
erst als die Frage fällt, das Schweigen einsetzt,
sagt er mir vor
mit leisem Klirren der Kette.

1957

Atlantis

Es gab sie oder es gab sie nicht.
Auf einer Insel oder auf keiner.
Der Ozean oder kein Ozean
hat sie verschlungen oder auch nicht.

Hatte da jemand jemand zu lieben?
Hatte da jemand mit jemand zu kämpfen?

Es war geschehen, alles oder nichts,
dort oder nirgendwo.

Sieben Städte gabs.
Ist das auch sicher?
Sie wollten unsterblich sein.
Wo sind die Beweise?

Sie hatten das Pulver erfunden, ja.
Sie hatten es nicht erfunden, nein.

Die Vermuteten. Die Bezweifelten.
Die Unbewiesenen.
Die nicht aus der Luft, dem Feuer,
dem Wasser, der Erde Gegriffnen.

Die weder im Stein
noch im Regentropfen Enthaltnen.

Sie konnten nicht, im Ernst,
für Warnungen Modell sein.

Ein Meteor war gefallen.
Es war kein Meteor.
Ein Vulkan war ausgebrochen.
Es war kein Vulkan.
Jemand hat etwas gerufen.
Niemand nichts.

Aus dieser plus minus Atlantis.

1957

Den Freunden

Vertraut mit den großen Räumen
zwischen Himmel und Erde,
verlieren wir uns im Raum
zwischen Erde und Kopf.
Der Weg vom Leid zur Träne
ist interplanetarisch.
Unterwegs vom Trug zum Sein
ergraut unser Kinderschopf.

Wir spotten des Satelliten,
dieser Spalte der Stille
zwischen Flug und Schall
und sagen: Weltrekord.

Es gab schon schnellere Flüge.
Ihr verspätetes Echo
riß uns aus unserem Schlaf
nach vielen Jahren erst fort.

Ein Rufen breitet sich aus:
Wir sind total unschuldig!
Wer ruft denn da? Wir laufen,
öffnen die Fenster zur Welt.

Da stockt die Stimme plötzlich.
Hinter den Fenstern fallen
Sterne, wie nach einer Salve
Tünche von Wänden fällt.

1957

Kleine Anzeigen

ICH LEHRE das Schweigen
in allen Sprachen
nach der Methode der Betrachtung
des Sternenhimmels,
des Sinanthropus,
der Heupferdchensprünge,
der Säuglingsnägel,
des Planktons,
der Schneeflocke.

ICH STELLE die Liebe wieder her
Achtung! Okkasion!
Auf vorjährigem Rasen
im Sonnenlicht bis zur Kehle
liegt ihr beim Tanz des Windes
(des vom vergangenen Jahr,
des Tanzmeisters eurer Haare).
Offerten unter: Traum.

FÜR DAS VERSPRECHEN meines Mannes,
der euch verführt hat mit Farben
der volkreichen Welt, ihrem Lärm,
dem Lied vor dem Fenster, dem Hund jenseits der Wand:
ihr würdet nimmer allein sein
im Dunkel und in der Stille und ohne Atem
– komm ich nicht auf. Nacht,
Witwe des Tags.

1957

I

Einst hatten wir die Welt im Nu gewußt:
– sie war so klein, daß zwei im Händedruck sie fassen
konnten,
so leicht, daß sie mit einem Lächeln sich beschreiben
ließ,
so einfach wie das Echo alter Wahrheit in Gebeten.

Die Geschichte hatte uns keine Siegerfanfare
geschmettert:
sie hat uns schmutzigen Sand in die Augen gestreut.
Weite und blinde Straßen lagen vor uns,
bitteres Brot, vergiftete Brunnen.

Unsere Kriegsbeute ist das Wissen von dieser Welt:
– sie ist so groß, daß zwei im Händedruck sie fassen
können,
so schwer, daß sie mit einem Lächeln sich beschreiben
läßt,
so seltsam wie das Echo alter Wahrheit in Gebeten.

1945

EPILOG

Grabstein

Hier ruht, altmodisch wie das Komma, eine
Verfasserin von ein paar Versen. Die Gebeine
genießen Frieden in den ewigen Gärten,
obwohl sie keiner Literatengruppe angehörten.
Drum schmückt nichts Beßres ihre Totenstätte
als dieser Reim, die Eule und die Klette.
Passant, hol den Computer aus dem Aktenfach
und denk über Szymborskas Los ein wenig nach.

1962

Werkverzeichnis

Dlatego żyjemy	*Deshalb leben wir*	1952
Pytania zadawane sobie	*Fragen die ich mir stelle*	1954
Wołanie do Yeti	*Rufe an Yeti*	1957
Sól	*Salz*	1962
Sto pociech	*Hundert Freuden*	1967
Wszelki wypadek	*Jedenfalls*	1972

Auswahlbände

1. *Wiersze wybrane*	*Ausgewählte Gedichte*	1964
2. *Poezje wybrane*	*Ausgewählte Dichtungen*	1967
3. *Poezje*	*Dichtungen*	1970

Inhalt